돼지고물상 집 큰딸

실천문학 시인선 049
돼지고물상 집 큰딸

2021년 12월 15일 1판 1쇄 인쇄
2021년 12월 15일 1판 1쇄 펴냄

지은이   박지영
펴낸이   윤한룡
편집   신한선
디자인   윤려하
관리·영업   이소연

펴낸곳   (주)실천문학
등록   10-1221호.(1995.10.26)
주소   남양주시 퇴계원읍 퇴계원로 52 405호
전화   02-322-2161~3
팩스   02-322-2166
홈페이지   www.silcheon.com

ⓒ 박지영, 2021
ISBN 978-89-392-3095-8 03810

이 책은 한국예술인복지재단의 2021년 창작준비금을 지원받아 제작되었습니다.

실천문학 시인선 049

돼지고물상 집 큰딸

박지영 시집

실천문학사

제1부

제2부

제3부

제4부

제1부

신흥동에 넝마 도래지가 있었다

모닥불은 검붉은 원시성으로 하루 치의 노여움이 걸망에 가득 채워지고 지친 근육이 검게 빛나는 고물상 마당에서 주인은 장물이 두려워 떨고 넝마주이는 셈이 두렵다 답답한 저녁 어스름이 출렁일 무렵 별이 돋고 있었다

견뎌야 희망에 이른다

하루 치의 노동이 환전되는 곳 넓은 펜스 안의 마당에서는 풀숲에 떨어진 민들레마저 씨가 되어 높은 고철 담장을 넘기까지 넝마주이와 숨어든 이웃들의 슬픈 이야기들이 거래되는 곳 매일 풀숲에 눕고 둑방 길 아래 개천에 별처럼 숨어 있는 먹이들을 찾아 새들이 훑듯이 아버지가 가난한 삶을 견디는 넝마주이들에게 희망을 나누는 것을 보았습니다

야학이 서던 날

고철 쌓인 펜스 아래 넓은 마당은 천수만 철새 도래지 새처럼 넝마주이가 머물고 있었다. 새벽부터 새들의 제 몫의 삶을 짊어지고 나서는 머물다 떠난 마당 한 켠 그늘 속에서 웃음처럼 민들레가 아프게 돋고 있었다

진이 빠진 하루는 회귀성이다 넝마를 등에 짊어진 철새들이 돌아왔다 젖물린 엄마는 몸을 추스르며 돌아섰고 잠시 후 셈이 흐린 이들은 목청이 높아졌다

얼큰하게 우려낸 멸치 국물에 막걸리 한잔은 셈이 흐린 그들에게 거치른 욕설과 감정의 찌꺼기들을 진정시키고 하루의 삶을 회개하듯이 땀을 쏟게 하였다

물끄러미 바라보며 막걸리 한 잔을 들이켜던 아버지는 30촉 전구를 60촉으로 바꾸고 그날로 고물상 마당에서 야학을 시작했다

둥지

　대학을 중퇴한 아버지를 사랑했던 어머니는 다니던 학교
최고의 수재로 남았고 도둑처럼 떠난 고향에서 신흥동에 이
르기까지 세상을 향해 거침없는 선택을 하여 둥지를 틀었다
사랑은 누군가의 부려진 삶을 받고 책임지는 것이라는 것을
몰랐었을 때의 일이다

가치 교환의 불확실성이 선율을 만들었다

이른 새벽에 비 수국처럼 넝마들이 돼지고물상 펜스 밑
을 지나쳐 스멀스멀 반군처럼 삼삼오오 모여든다 넓지 않은
야적장 근처에 태산처럼 쌓인 고철 더미는 월말이면 간조를
요구하고 있었다

주인은 장물이 두렵고 넝마는 셈이 흐린 것이 불안하고
모두들 저울 눈금을 가늠하며 촉이 서 있다 결산에 임하는
중에 긴장을 했는지 넝마주이 집게들이 엿가위처럼 리듬을
타는 것이 보였다

신흥동 골목과 상고머리

    우리 집 인근 골목은 매일 척박함에서 오는 욕설과 폭력
적인 주정꾼들의 흔들리는 모습이 익숙했다 계단을 팔랑거
리며 내려서는 그들의 그림자에 흠칫 놀라고 그러는 스스로
의 그림자에 소스라치게 놀라고 두려움은 왜 그리 팔랑거리
며 폴짝거렸는지 그러던 어느 날 낮에 쫓아와 쪽지를 건네
준 중학생 때문에 아버지의 사주로 나의 긴 생 머리카락이
상고머리가 되었다

넝마주이에 대한 애상

  매일 마주한 그들의 웃음은 비린내가 났다 잘못된 선택이
인도한 삶과 하루의 고단함 또한 그럴진대 꽃을 볼 여유도
없이 하루 종일 떠돌다 고물을 얻지 못하면 펜스에 마주한
채 오줌을 누고는 했다 지린 펜스를 지나며 꽃들을 보는 우
리 남매는 코를 잡고도 꽃을 바라보았다 허기진 그늘 속에
하늘거리는 민들레를 향한 눈길은 따듯했기 때문이다

외가댁 문상에서 조송자 여사를 만났다

죽은 사람의 부고를 받으면 산사람의 얘기보다 먼저 간 사람들을 향한 연상에 입담이 우선이었다 멸치 우린 국물에 고추장과 고춧가루를 넣고 계란 하나 휘저어 꽃잎처럼 풀어 놓은 삶은 국수로 출출한 이웃과 허기진 넝마주이들의 환호를 받던 오병이어의 신녀 창녕 조가네 조송자 여사 얘기가 문상도 잊고 한창이었다

장물

펜스는 늘 축축했다 지린내가 났고 밟는 그림자 위로 숨
었던 이야기가 서천 앞바다 모래사장의 쏙처럼 일어선다 고
물상에서는 숨어든 물건이나 사연만큼 쉬쉬해야 한다는 것
을 몰랐다 노동에 지친 하루에 비릿한 갯내음이 번지는 웃
음이 그저 서글퍼 보였을 뿐이다

웃을 일 없는 날에 웃기

'돼지고물상 집' 마당에도 명절이 가까워 왔다 어쩌면 선거철이 가까워 왔는지도 모른다 엄마는 새마을금고에서 분기별 선물용으로 주문받은 멸치를 다듬거나 마늘 공장 일감을 가져와 동네 아주머니들과 잔돈푼을 나누었다 돌아가는 발걸음에 두어끼의 자투리 국 멸치로 품삯에 얹어 그들의 고단함을 위로했고 서로가 노동에 지친 그런 날은 유독 모란꽃이 피듯이 도드라진 웃음을 피웠다

장물 때문에 떠난 넝마주이 K 씨는 전과자였다

장대에 앉은 잠자리가 다른 잠자리를 피해 옮기는 것처럼 다른 이들은 그를 전과자라며 슬며시 피했다 그런 넝마주이 K 씨도 아버지의 눈을 피하더니 어느 날 포구에 매인 배가 스스로 닻을 얹고 떠나듯 마루 위에 새 크레파스와 스케치북 위에 내 이름을 적고 떠났다 아무도 그의 행방을 묻지 않았다 애기똥풀 앞에 쭈그리고 앉아 있던 내가 돌아설 때면 물끄러미 간격을 유지한 눈길을 주던 넝마주이 K 씨, 돼지고물상 마당에 노을이 마지막 불길로 타오를 무렵 떠나고 없었다

아버지의 하루

마지막 넝마주이가 집을 나서면 그 시끄럽던 마당도 30촉 전구 하나만 흐릿하게 남는다 아버지는 그때부터 낮에 들어온 이웃집 송사의 무임 대소서 일을 시작했다

불 끄라는 엄마의 통박에 아버지가 하시던 말은 '이거라도 해야 우리 먹고사는 일에 민원이 없는기라' 하고서 돌아앉아 하던 일을 계속하셨다

새벽까지 한숨 소리가 이불깃을 걸어 다녔고 빛도 들지 않는 가난한 동네에 전이된 슬픔의 공명이 겨울 강에 새들을 불러오듯이 불편함은 동네 사람들의 가슴 밑을 흘러가고 있었다

제2부

사랑은 정당화 될 수 없는 역설이 있다

아침부터 화분 깨지는 소리에 빗장문 열리듯 잠이 깨었고, 그 사이 애가 타는 엄마의 단말마 소리와 아버지의 신나는 퍼포먼스가 펼쳐졌다.

넝마 아저씨들이 말리는 힘에 맡기며 아버지는 이리 나온나 우야믄 좋노 니 미친나 이리 다 뿌사삐믄 니도 다 뿌사삔데이 엄마는 깨어진 화분을 보며 취기로 얼룩진 흙바닥에 발을 동동 구르는 아침 나는 동생들 학교 갈 채비를 서둘렀고 아버지가 심은 나무처럼 철이 들었다 때 되면 맺히는 열매처럼 익어가고 있었다

유독 추운 날은 파란 대문이 생각났다

이기 아이라 카이 어허이 참말로 맞다 와이라노 하며 내려간 이불을 밀려든 한기에 다시 추키며 나누는 수런거림은 그리운 간지럼이 되었다 그럴 때마다 말똥거리는 눈앞에 겨울을 견디며 먹다 만 곶감이 떠오르고는 했다 마루 밑 추위를 피하며 코를 고는 강아지 뒤척이는 소리가 들리고 문풍지를 관통한 달빛이 이불깃 아래로 발을 넣을 무렵 정월 신흥동 파란 대문이 생각났다

아버지의 술버릇

송자야 된장찌개 좀 끓이도 잔뜩 취한 아버지의 목소리가
도둑처럼 숨어들지 못하고 당신이 만든 대문을 발로 열었다
막된장으로 끓인 찌개와 젓갈에 고봉밥 한 그릇 비우는 참에
잠이든 아버지는 할머니가 그리웠다는 것을 지금에야 알았다

동네 다방 이야기

고물상 마당에 아버지를 따라 들어서는 동네 아저씨들의
눈빛만 봐도 엄마는 신점을 치듯이 천변 아래 다방을 떠올
렸다

실실 웃던 동네 아저씨 한 분이 엄마 들으라는 듯이 박 사
장님만 계란 동동 띄워 줬다 아닙니꺼 안방 문을 여는 엄마의
입에는 싸잡듯이 그래 마 좋아 죽어삐지 와 들어오노 하는 찰
나에 아저씨들은 핫바지에 방귀 새듯 하나둘 돌아서 가는데
아버지의 이마에 덥지도 않은 날씨에 식은땀이 흘렀다

첫사랑이 싫었다

지겹도록 싸우고 난 다음 날이면 엄마는 아버지가 원하는 된장찌개를 사시사철을 끓여 냈다 항아리 깊은 곳에 숨겨둔 젓갈은 덤이었고 밥 먹다가도 엄마를 더듬어야 입맛이 돋는지 어젯밤 부부 싸움은 사이렌의 저주에 갇혀서 미움마져 사라졌다 첫사랑이 질기고 질기단 것을 나는 유년에 이미 목도했다

언젠가부터 된장찌개는 내가 끓이고 있었다

엄마의 사랑인 된장찌개는 언젠가부터 내 차례의 레시피였다는 것을 알게 되었다 아버지는 나를 고기집으로 데리고 가셨다 쉽지 않은 소고기를 사주시고 소주 한 잔 건네받은 다음 아버지가 그리도 반대한 결혼을 하게 되었다

살면서 아버지가 반대한 결혼은 무성영화처럼 내게 회한으로 머물렀고 그 후로 살아생전에 간간이 지쳐 들어선 마당에는 항상 아버지가 계셨다 철마다 들어서는 바람이 갈대밭에 기대어 우는 것처럼 묵은 시간에 기대어 내가 울고 있었다 산소에 들러 담뱃불 하나 붙여드리지 못하면서 용서를 빌러 갔던 날마다 당신이 불붙인 담배 한 개비를 먼저 내어주던 기억이 지금도 꺽꺽 목에 걸리고는 한다

당간지주幢竿支柱 하나가 무너졌다

하고 많은 이름 중에 왜 돼지고물상이냐고 아버지에게 물었다 아무런 답도 없었다 하시던 일을 다 내려놓고 돌아와 가족들 앞에서 일하기 싫다며 소리 내어 울던 아버지의 힘줄이 다했음을 알지 못했다

밍크코트

시작은 돼지고물상이 아니라 신발 공장이었다. 사업이 실패해도 놓지 않았던 엄마의 사후 남긴 밍크코트는 이모도 아닌 옆집 아주머니 차지가 되었다 내가 태어나기 전이니 기억이 있을리 없고 빚쟁이를 피해 숨은 한 남자를 위해 텃밭에 버려진 고구마를 주워다 찌거나 구워 팔아서 월세를 내고 하루하루를 견디어 일으킨 오늘날의 가계를 조송자 여사의 전설적인 기사에 나는 '왜 그렇게 살았어? 아버지가 그렇게 좋아? 왜?'라는 말로 일소했다

길 위에 주저앉아 울 때

젖은 불두화처럼 축 늘어진 손녀를 두려워하던 어머니는 그 해에 내게서 등을 돌렸다 길 위에 주저앉아 집 마당에 핀 선연한 꽃을 보고 싶어 가슴 절절해지면 친정집 마당에 들여놓지 못했던 마음이 이제야 보인다 콤콤한 향에 질감은 모시떡처럼 찰지다 밟히는 노곤한 하루의 근육

공중에 새들이 가득한 날

　지친 노동에 하루 치가 뭉그러진 곳에는 당신이 있습니다. 맨드라미, 민들레, 나비, 종달새에 이르기까지 햇빛 쨍한 날 찾아가는 친정집 향한 풀섶 위에 발등을 가르는 바람 소리로 솔깃하던 당신, 태풍 소식에 대목장도 서럽고 동동거리는 마음에 빈궁한 장바구니를 뒤로 감추며 남은 아이 둘 데리고 도깨비시장을 배회하다 보면 도래지를 잃은 도래지를 잃은 날갯짓이 공중에 가득합니다

팬데믹 기일

유치원 가는 누나 따라간다고 울고불고 콧물까지 휘날리
며 달려들던 모습을 꿈길에서도 만나기 무서웠던 남동생이
이제는 집안의 장손으로 인터넷 '줌'으로 드리는 제사도 주관
하고 누나와 동생을 초대해 새로운 풍속도에 적응 중이다

엄마의 자랑은 아버지가 아니라 박대호였다

    어머니의 기도는 고등학교 3년을 수숫대처럼 남동생이 다니는 교문 앞에 한 치의 어긋남도 없는 시간의 일정함으로 점심을 지켰던 엄마였는지 따듯한 찰밥 도시락이었는지는 모르지만 일단은 사시사철 기도로 임한 기대에 부응하여 아들은 어머니의 자랑이 되었다

슬픈 하루

　노동에 지친 아버지가 가족들 앞에서 목젖이 벌게지도록 울며 일하기 싫다고 선언했다 그 후로 외손자의 병정이 되기로 했나보다 그 좋아하던 이웃들의 대소사도 내려놓고 아장거리는 외손주 뒤를 요구르트병을 들고 따라가는데 마지막 노을이 붉게 타오르고 있었다

중환자실에서 뺨을 맞던 날

플라타너스 이파리가 가지에서 공중제비를 하며 내려서던
낙엽이 다시 바람에 말려 솟구치듯이 한일병원 중환자실에
서 몸을 휘며 튕겨져 치솟는 아람이에게 어이없이 뺨을 맞았
다 순간 눈물이 났고 나도 모르게 '고마워'라고 중얼거렸다

아버지의 약속

아버지의 약속은 단단한 희망이었습니다 앵두나무도 그
랬고, 모과나무와 대문 담벼락 아래 심었던 감나무도 그러했
습니다 그로부터 돼지고물상 집 마당에 공명하는 것들은 다
철마다 아버지의 음성이 되었습니다

제3부

결국 그들이 옳았다 후회도 않는다

간간이 팔십 중반을 훌쩍 넘기신 한상수 교수님이 전화를
주신다 변함없는 말투에 아지랑이처럼 자라는 기억의 한편
에서 '지영아 웨딩드레스 입어 봤으니 됐다 가자 나와' 인상
을 쓰며 돌아보는 내 눈길에 머문 한 교수님과 전 교수님은
그러거나 말거나 웃고 계셨다

삶은 새 둥지 같은 것이다

떠나간 사람들은 남은 자를 돌보지 않는다 주기율표처럼 내게 남겨진 사람들은 산 자와 죽은 자의 경계를 넘나들며 들숨과 날숨 밀물과 썰물처럼 달을 키우고 있었다

삶의 빈 둥지에 독사가 들고 그 자리에 새들이 부화를 꿈꾸지 않았다 그로부터 생명은 쓸쓸한 얼룩만 남기고 자취를 감추었다 뱀이 허물을 벗고 떠날 때까지 업장을 숨기지 않았다

낯설게 하기

학생 운동을 하던 친구들과 멀어진 대학 4학년은 중학교 3학년 왕따 당하던 시절보다 더 힘들었다 스스로 멀어져야 비로소 안전해지는 친구들에게 나의 침묵은 그들의 일반적인 따돌림에 익숙해지는 것이 아니라 나로부터 멀어지는 것이었다

오만 원

펜스에 홍시 하나가 온몸을 던지던 날에 동생 친구의 부고를 만났습니다

동생 친구는 백골단이었습니다. '누나, 누나가 얼마짜린 줄 알아요 아니 왜 오만 원이요 오만 원' 대자보를 붙인 뒤 아카데미 극장통 골목을 벗어나 집 근처에서 정면으로 마주친 전경 하나가 손짓하며 가리키는 방향으로 달려 집으로 돌아오던 날을 몸이 기억하는 때가 있습니다.

정의홍 교수님을 반추하다

늦은 밤 동생들과 몰래 담을 넘거나 도바리들이 하도 들락거리던 집이라 어느 날 아버지는 담벼락에 벽돌을 쌓더니 무른 시멘트 위로 병을 깨서 거꾸로 박았다

처음 MT 가는 것을 허락받으려고 상협 兄, 종만 兄, 몇몇 선후배들이 동행을 허락을 받는데 부모님의 모호한 웃음을 아이 셋 낳고서 알았습니다.

유독 잊혀지지 않는 것은 멋모르고 따라서 간 농활에 얼결에 입에 넣어주시던 이장님 덕에 모르고 먹던 개고기에 놀라고 교수님의 술 대작에 놀라 토하던 기억이 새롭습니다.

지난한 시절이 묵어 30년 시절의 행간에서 읽히는 목소리와 모습들 그대로인데 교수님만 현수막 걸개로 걸려 늙지도 않으셨습니다.

택찬이가 도와준 기부금

　신안동 집 뒷방은 도바리들이 숨어들던 도래지였다 담을 넘던 발자국마다 후두둑 떨어지던 감꽃 지는 소리 묻어 있었고 그러는 날이면 어김없이 비가 내렸다 허기를 메우는 밥상을 받고서 이른 새벽을 따라 길을 나서더니 이제는 돌아와 비영리 민간단체를 운영하는 나를 위해 기부금을 내어 놓고 있다

바람 머리 서영완

들어봐 아이 셋 낳고 로드샵을 하면서 페이스북 친구들을
갖게 되었어 그들 중에 한 사람 이 대 팔 가르마에 날리듯
눈을 덮은 앞머리가 퍼뜩 생각나더라고 처음에는 모른 척
했는데 저를 아냐고 끝까지 묻길래 기어이 안다고 실토를
하고 말았지 뭐야

그는 내가 아는 희찬이 친구더라고 다른 대학을 다니며
우리 대학에 숨어 있었다나 봐 바람머리에 마스크를 쓰고
화염병을 제조하던 서영완이 중년이 된 거지

살다가 약간의 기억을 더듬는다는 것이 묘하게 자극적이
야 돌아오는 길에도 한참을 웃었어 왜 웃었는지 모르게 웃
겠어 국회의원 보좌관이 된 그가 여태도 철없어 보이는데
나도 그렇겠지

도바리 조차장

대전의 잘나가는 도바리들의 족적이 신안동과 소제동 골목에 남아 있다

대자보나 유인물을 돌려 봤다는 이들의 행적은 아카데미 극장통 골목 허물어진 벽 지문이 되어있을지도 모른다 간혹 지금도 떠돌며 포장마차를 훑다가 그 때 그곳에 머물러 있던 몸이 기억해 취한 그들의 발에 이끌려 가고는 한다

세상은 바뀌지 않고 삭막함은 사막화처럼 깊어지고 다음 세대를 위해 내놓을 것 없는 오늘이 그대로인데 나도 꼰대화가 되어 몸이 김유신의 말馬처럼 기억하고 있다

임대료

낡은 사무실이 고맙다는 것은 사계절 중 잠깐이었다 봉명
동 사무실은 더위가 먼저 문을 열거나 혹독한 겨울이 지나
칠 때마다 목울대가 잠기도록 현실적이다

연말에 들어온 김장 김치 반포기면 떡국떡과 생굴 한 봉
지로 끓여 내어놓는 떡국 한 그릇이 사람들에게 오늘을 견
디는 근력이 될 수 있다는 것을 몸소 보여줄 수 있었다

발원發願

　학생 운동을 하던 이정태 선배가 중장비 리스업을 하는 사장이 되었다 장애인 단체를 후원하는 주)광개토렌탈은 착한 기업이라고 소문도 못 내었다 아무리 어려워도 내 이 정도는 할 게 하며 7년을 잇고 있는 뚝심에 고맙고 미안하고 인연에 감사하고 월말에 찍히는 숫자에 복에 복에 더해 달라고 가슴속 저 밑에서 불길처럼 솟구치는 것이 있으니 정화수는 됐고 기도는 완성된 것이니 잘 되어라 할 것이다

목척교 소묘

　홍명상가 인근 포장마차를 지나치다 보면 웃음이 돋는다 카바이드 불빛처럼 가물거리는 기억을 퍼즐 맞추듯이 맞추며 복장 유물을 더듬듯이 그려지는 천변 가로수 그늘에 숨어 살던 이모네집 포장마차 떡볶이와 잔술 한잔을 위해 일주일을 코가 앵두처럼 빨개지도록 걸었던 노곤함이 점멸등처럼 깜빡거린다

제4부

감나무

서리 맞은 감을 좋아하던 엄마처럼 물끄러미 바라보는 달무리 선몽처럼 꿈길에서 만나지는 너는 따듯했다 낡은 대문을 들어서면 감꽃 지는 소리처럼 초콜릿에 선명하게 반응했던 아림아 어수선한 꿈길에 풍장 치른 기억으로 수런거릴때마다 엄마는 연수목延壽木이 되어 길을 나선다

춘장대에서 아버지를 만나다

춘장대 흩 동백 목을 꺾던 날 그곳에서 불현듯 아버지를
만났다

유치원복을 입은 막내 앞에서 거울을 들고 계셨다 엉거주
춤 방향을 바꾸어가며 들고서 동생의 타박과 갖은 투정에도
그저 허허 웃는 부정父情이 불두화처럼 낯설고 부러웠다

노을을 등에 진 춘장대 동백 숲 앞에서 아버지는 소멸시
효 속 퇴행성 관절염으로 내게 들어섰다

신흥동 돼지고물상 집 큰딸

엄마의 부재는 가족만 버려두고 간 것이 아니었어 충북상
회 아주머니 그렇고 활동하던 새마을부녀회, 민주평통, 바르
게살기운동본부, 그 좋아하던 계모임과 일수까지 미련 없었
나 봐

홀연 남기고 떠난 자리에는 그리움이 괭이처럼 앉지 살다
가 그리우면 찾아가는 신흥동 돼지고물상집 아직도 마당에
는 철마다 꽃을 토해놓는데 큰 딸을 보며 웃던 엄마의 미소
가 없었다

녹슨 철문 앞에서 깨금발을 하고 목젖까지 차오르는 눈물
을 삼키며 넘어다보는데 엄마도 없는 우리 집 텃마루에 그들
은 앉아 있었네

불현듯 만나지는 하루의 기억

속옷 바람으로 거실 한가운데 드러누운 채 인사를 받지
않겠다시던 아버지는 급기야 시바스 리갈 17년산에 허물어
졌다 선몽처럼 만나지는 날에는 신흥동 천변 길을 걷는다

아직 대문도 그대로인데 주인 없는 툇마루에 더듬으면 기
억날 듯한 마을 어른들이 앉아서 기억 추렴을 하는가보다
아니 아버지만이 대들보 주춧돌 아래 소금처럼 하얗게 희고
있었다

돼지국밥 한 그릇과 오소리감투 한 접시
그리고 소주 한 병과 시

별생각 없이 들른 돼지국밥 집에서 국밥 한 그릇과 오소리
감투 한 접시에 소주 한 병이면 별생각 없이 믿음이 간다 혼
자서 유독 즐겼던 소주 한 병, 반쯤 저문 달에 토끼 그림자처
럼 삶의 귀퉁에 남은 얼룩진 자국의 외로움 같은 것이었다
사랑이 메마른 자리에 시가 돋아나는 이 황당한 하루의 위
안, 밖에는 들이붓는 비가 오고 있었다

옛집의 징표는 옆집으로 옮겨졌다

새소리가 들리지 않는다 깨금발로 서서 물끄러미 돼지고 물상 집을 들여다보는데 어느덧 꽃과 묘목이 주인을 바꾸었다 옆집 마당에 아버지와 심었던 모과나무가 자리를 옮겨 성기게 서 있고 앵두나무와 꽃들은 아직도 성성하게 그늘을 만들고 있었다

편지

딸아, 엄마가 보듬고 산 25년의 결혼 생활은 벼락 맞은 감태나무 같았다

초로의 노인만 보면 무심하게 타고 내리는 버스에서도 가던 노선을 잃고 따라내려 쿵쿵거리며 마냥 눈물이 났단다 외할아버지 외할머니 아림이가 어느덧 밑동이 되어 울고 있었다

하루 치의 노동이 새벽에 이르러 멈출 때, 근근이 이어지는 속울음이 어깨 깃을 흔들고 떠나간 사람이 살아남은 사람의 행간을 더듬을 때 날짐승처럼 격격거리며 출렁이는 어둠에 몸을 숨기고 싶었다

아들아, 꿈처럼 산 오늘이 너희가 밑동이 될 것이니 살아 있는 동안 남은 너희들이 살아갈 날에 지팡이가 될 것이니 남은 노동은 얼마나 지난한 것이냐

하루 치의 노동에 한 스푼의 감사함으로 구멍 난 오늘을 꿰매며 살아라 인생이 벼락처럼 때리더라도 연수목이 되어라

천식

짙은 가을이 옅은 여름의 등줄기를 타고 지나친다 금산
신정리를 다니러 올 때 마주한 산은 내뱉는 한숨 소리가 닿
아 메아리가 되어 쿨럭거리는 곳 너를 두고 산을 내려오는
때마다 살아온 삶과 살아갈 삶이 검불처럼 날리는 것을 간
혹 놀란 소쩍새 우는 소리에 할머니가 그립고 할아버지가
그리운 낯익은 천식을 만나는 것 같은 하루

빈자리

풀이 고추 설 때 바람은 이미 등을 보이고 조금 뒤 햇살이
찾아오는 것처럼 지나치는 것이라고 퇴마사처럼 말하고 있
었다 나를 소녀처럼 웃게 해주는 신녀의 스펙을 가지고 있
는 둘째 딸과 막내아들 곁에는 항상 한자리가 비어있다 죽
어야 만나지는 인연의 형상이 늦가을 까치밥처럼 매달려 있
는 곳이다

행태

칼을 버리며 늦은 장마에 젖은 볏단 사이로 새처럼 떨고
있었다 궁리를 할 새도 없이 직시한 현실과 노동은 무의미
했다 시인에게 혹은 한 자녀 가족에게 부적처럼 붙여진 무
전유죄無錢有罪의 올가미와 유전무죄 좌절감의 일간지 사
회면은 저주 같았다

대명리 가는 길

상월면 찾아가다 보면 계룡시, 논산, 연산, 지나 대명리에
이르게 됩니다 둘째 아이가 다니는 대학이 그곳에 있어 가
는데 참 산속 깊은 곳에 도량이라 아이에게는 좋을 것 같습
니다 큰 아이가 생존해 있었으면 저러하였을 것을 생각하며
열 손가락이 아리고 자궁이 저릿합니다 삶은 기대인 채로
흘러 멈출 때까지 새로운 시작을 만날 때마다 가슴이 뛰는
것처럼 남은 자들의 설움을 딛고 이제야 억새꽃 핀 그 길을
함께하는 것이 생명의 충만함인 줄 알겠습니다

영옥이 만나러 부산 간다

뜨신 밥 한 그릇에 파김치 척척 얹어 먹던 새벽이 그리워
영옥이 만나러 부산에 간다 송도 다리 건너 밤바다 그리워
가다 보면 속울음 게워 내는 뜨끈한 국물이 있는 포장마차
에 영옥이랑 가려고 부산에 간다 물끄러미 들여다보는 눈길
속에서 그동안 돋아난 이야기들이 바다처럼 소리를 내며 침
묵 속에서 별이 돋도록 기다리겠다

대보름

이지러진 꿈은 정월 대보름 연에 매달려 공중으로 숨었다
별똥별이 북쪽으로 지고 달은 달무리에 안겨 내 더위 사줄
사람을 찾고 있을 무렵 누구는 하염없이 허기를 메우려 밥을
얻고 다녔다

오늘

아미타불에 돌아가 의지할 것을 말하지는 않겠습니다 세상의 소리를 들을 수 있고 교화를 돕는 보살로 살지 않겠습니다 고통 받는 중생이 나무아미타불 관세음보살을 외면 도움을 받는다고 하는데 하지 않겠습니다 소천한 자식을 가슴에 묻고 얻은 극락은 통점을 잃은 것과 같습니다 부모를 보내는 마음과 자식을 가슴에 묻은 마음이 산 자와 죽은 자의 꿈이 무너진 곳에 있는데 하루 지극하게 웃고 말겠습니다

해설 · 시인의 말

인연의 업장이 서정의 구름이 되어 머문 미완의 신흥동 연가

— 도깨비시장에서 빚어진 고즈넉한 이들을 위한 노래

박재홍(시인, 문학마당 주간)

무릇 시(詩)는 시인의 참다운 도량으로 불이(不二)하고 여여평등(如如平等) 하여 분별(分別)이 없다. 시구의 고졸함과 담박함은 오직 외길인 현묘함으로 이끄는지도 모른다. 그런 면에서 지금 소개할 박지영 시인의 시집『돼지고물상 집 큰 딸』은 백척간두진일보시방세계현전신(百尺竿頭進一步十方世界現全身)화두잽이가 실천적 삶으로 잘 갈무리 되어있었다.

시인의 삶이 백 척이나 되는 장대 끝에서 한 걸음 더 나아가 자신을 내어놓고서야 비로소 한 권의 시집에서 빚어진 지극함과 간절함의 자취가 묻어날 수 있었다. 여타 다른 시인들과는 다른 행보이기 때문에 시가 길거나 표현의 기묘함을 추구하는 미사어구(美辭語句)가 없다. 겨울 얼음장에 비친 자신의 모습을 적나라하게 보여주는 고통스럽지만 따듯한 온기가 배인 절제된 운문적 요소가 짙게 보인다.

『돼지고물상 집 큰딸』에 배경이 되는 주된 장소는 대전 동구 신인동에 있는 반짝 시장 주변의 원도심이다. 시적 화자의 기억에서 묵었다 살아온 날 수 만큼의 삶을 반추하는 것에 시간이 맞추어져 있다. 그 속에서도 가족사의 소규모 배경이 되는 곳이 부모님이 운영하던 돼지고물상이다. 신인동은 가난한 이웃들이 새 둥지 속처럼 삼삼오오 모여 마을을 이루고 사는 척박한 곳이었다.

시적 화자의 기억 속에 무섭고 재밌고 호기심을 유발했던 많은 상황이 도깨비들이 사는 곳으로 기억하는 의식의 근저에는 매일 지난한 밤을 지내고 새벽 미명을 등불 삼아 어머니의 손을 잡고 더듬던 새벽 반짝 시장을 혹자는 그곳을 도깨비시장이라고도 불렀기 때문이기도 했었던 것 같다.

박지영 시인은 스스로의 인연의 업장이 주는 그 깊은 뜻에 미망함을 버리기 위해 무진 애를 쓰고 있었다. 괴로움에 대한 소멸을 위해 자신의 삶을 아고라(Agora)의 입속으로 던지고 있었다. 그 내용을 세 가지로 살펴볼 수 있었다.

첫 번째가 중증장애인 딸의 소천에서 시작하여 장애인문화 운동에 이르는 로고스(logos)적 삶의 궤적이다. 즉 개인적 삶과 사회적 편견에 대한 자신의 삶이 잘못된 사회적 함의로 인하여 벼락 맞은 연수목 같은 삶과도 궤적을 같이 한다.

두 번째는 유전적 생태에 의한 부모님의 사업장을 바탕으로 만났던 넝마주이, 시장 사람들, 허기진 이웃들, 대학 운동권 친구들과의 해후, 가정의 불화 속에서도 군건하던 부모님의 사랑이 질펀하게 녹아난 파토스(pathos)적 이야기가 시로 유장하게 흐른다. 또, 그로 인하여 희노애락애오욕喜怒哀樂愛五慾이 다 느껴져 읽는 이로 하여금 심리 또는 감정 상태에 따라 굉장한 설득력이 있다는 것이다.

세 번째는 전반적으로 시집에서 빚어진 시인의 고유한 성품이나 사물을 대하는 눈길에 대한 매력, 부모님으로 받은 카리스마, 장애인 딸과 어머니를 함께 잃은 경험에서 비롯된 간절함에서 오는 에토스적인 경험은 기본적으로 독자들이 시적 화자에 대해 신뢰할 수밖에 없는 설득 요소를 구축하고 있다는 점에서 이 시집은 완성도가 있다고 본다.

우리 집 인근 골목은 매일 척박함에서 오는 욕설과 폭력적인 주정꾼들의 흔들리는 모습이 익숙했다 계단을 팔랑거리며 내려서는 그들의 그림자에 흠칫 놀라고 그러는 스스로의 그림자에 소스라치게 놀라고 두려움은 왜 그리 팔랑거리며 폴짝거렸는지 그러던 어느 날 낮에 쫓아와 쪽지를 건네준 중학생 때문에 아버지의 사주로 나의 긴 생 머리카락이 상고머리가 되었다

원도심에서 사는 허기진 사람들의 진득한 노동에 지쳐 방
전될 때까지 부대끼는 모습과 신흥동의 적나라한 모습, 어
린 시인의 눈에 비친 그곳에 숨어 사는 낯선 '인간형 요괴'
혹은 도깨비로 비쳐지는 다양한 삶의 모습으로 인하여 상
고머리가 된 사연은 누구나 한번 겪었을 법한 진솔함이 배
어 있고 논리적 설명이 부족한 가슴으로 이어진 시심이 독
자를 설득하고 있었다.

고철 쌓인 펜스 아래 넓은 마당은 천수만 철새 도래지 새
처럼 넝마주이가 머물고 있었다 새벽부터 새들의 제 몫의
삶을 짊어지고 나서는 머물다 떠난 마당 한 켠 그늘 속에서
웃음처럼 민들레가 아프게 돋고 있었다

진이 빠진 하루는 회귀성이다 넝마를 등에 짊어진 철새
들이 돌아왔다 젖물린 엄마는 몸을 추스르며 돌아섰고 잠
시 후 셈이 흐린 이들은 목청이 높아졌다

얼큰하게 우려낸 멸치 국물에 막걸리 한잔은 셈이 흐린
그들에게 거치른 욕설과 감정의 찌꺼들을 진정시키고 하루
의 삶을 회개하듯이 땀을 쏟게 하였다

물끄러미 바라보며 막걸리 한 잔을 들이켜던 아버지는
30촉 전구를 60촉으로 바꾸고 그날로 고물상 마당에서 야
학을 시작했다

-야학이 서던 날(전문)

반추하는 물경이 외연에서 오는 수동적 파장으로 인해 얼
어진 내면의 서정으로 작동되어 감정을 수반하는 시의 서
정적 특징이 잘 드러나고 있는 작품이다. 이지적이고 로고
스적인 것에 대한 반대 의사가 분명한 민중성이 다분하다.
결국, 이런 시인의 노력이 한 편의 시간대별로 그려진 크로
키 같은 기운 생동함이 느껴지는 작품을 토해낸 것이다.

소피스트들이 말하는 '그 사람의 말이 논리적이고 훌륭해
서'라기 보다는 ' 그 사람의 삶 속에 머문 타인을 향한 눈길'
때문에 시적 화자에 설득되는 것이 새삼스럽지 않았다. 이는
박지영 시인의 삶의 일관성 때문이 아닌가 되묻게 되었다.

이른 새벽에 비 수국처럼 넝마들이 돼지고물상 펜스 밑
을 지나쳐 스멀스멀 반군처럼 삼삼오오 모여든다 넓지 않
은 야적장 근처에 태산처럼 쌓인 고철 더미는 월말이면 간
조를 요구하고 있었다

주인은 장물이 두렵고 넝마는 셈이 흐린 것이 불안하고
모두들 저울 눈금을 가늠하며 촉이 서 있다 결산에 임하는
중에 긴장을 했는지 넝마주이 집게들이 엿가위처럼 리듬을
타는 것이 보였다

　　　　　-가치 교환의 불확실성이 선율을 만들었다(전문)

'일을 많이 하는 사람은 아무 일도 하지 않은 사람보다 만
족도가 높다'라고 한 노동철학자 라르스 스벤젠도의 말은
일리 있는 말이다. 박지영은 '노동이 사람에게 힘을 솟구치
게 한다는 것을 알고 있었다. 그것을 가치 교환의 불확실성
이 시적 선율을 만들었으니 말이다. 그것이 바로 민중적이
고 우리 민족만이 있는 '흥'이었을 것이기에 밭매다 부르는
농요와 다를 게 무엇인가?

　　고물상 마당에 아버지를 따라 들어서는 동네 아저씨들의
　　눈빛만 봐도 엄마는 신점을 치듯이 천변 아래 다방을 떠올
　　렸다

　　실실 웃던 동네 아저씨 한 분이 엄마 들으라는 듯이 박
　　사장님만 달걀 동동 띄워 줬다 아닙니꺼 안방 문을 여는 엄
　　마의 입에는 싸잡듯이 그래 마 좋아 죽어삐지 와 들어오노
　　하는 찰나에 아저씨들은 핫바지에 방귀 새듯 하나둘 돌아

서 가는데 아버지의 이마에 덥지도 않은 날씨에 식은땀이
흘렀다

-동네 다방 이야기(전문)

호남형 외모에 기질도 경상도 특유의 칼칼함이 묻어났다
고 한다. 여러 시편에 곳곳에 배인 아버지와 친구분들과 엄
마와의 관계가 판소리 한 대목처럼 웃음을 머금게 한다. 사
랑은 지난하게 지지고 볶는 것 그것이 일상을 굳건하게 만
드는 사랑의 역설 같은 것이라고 이것이 시처럼 승화되면
눈에 물안개를 피우고 선연하게 밟히는 육친의 정임을 인
정하는 과정이 바로 가족임을 인정하는 시인이 반추하는
그리움의 실체일 것이다.

젖은 불두화처럼 축 늘어진 손녀를 두려워하던 어머니
는 그 해에 내게서 등을 돌렸다 길 위에 주저앉아 집 마당
에 핀 선연한 꽃을 보고 싶어 가슴 절절해지면 친정집 마당
에 들여놓지 못했던 마음에 이제야 보인다 콤콤한 향에 질
감은 모시떡처럼 찰지다 밟히는 노곤한 하루의 근육

-길 위에 주저앉아 울 때(전문)

딸이 낳은 손녀의 뇌가 스펀지처럼 구멍 난 중증 장애인
일 경우 와상 환자(臥床患者)인 외손녀를 만났을 때 두렵거

나 보살피는 것을 기피 하지 않는 할머니가 있을까? 라는 질문에 대한 대답은 쉽지 않을 것이다. 외할머니는 중증장애인 첫 손주를 가까이 가서 보살피는 것을 두려워했다. 그 미안함으로 뒤늦게 태어난 둘째와 막내 손자에게는 무한한 애정을 쏟았다. 장애인 가족의 해체와 왜곡과 편견이 사회 제도적인 것도 있지만 가족 간에 이해의 부족에서 오는 차별이 더 심한 것도 사실이다. 딸과 함께 소천한 어머니에 대한 '콤콤한' 오감을 자극하는 단어만 봐도 업장이 보인다.

　　속옷 바람으로 거실 한가운데 드러누운 채 인사를 받지 않겠다시던 아버지는 급기야 시바스 리갈 17년산에 허물어졌다 선몽처럼 만나지는 날에는 신흥동 천변 길을 걷는다

　　아직 대문도 그대로인데 주인 없는 툇마루에 더듬으면 기억날 듯한 마을 어른들이 앉아서 기억 추렴을 하는가보다 아니 아버지만이 대들보 주춧돌 아래 소금처럼 하얗게 희고 있었다

　　　　　　　　　　　　　　　－불현듯 만나지는 하루의 기억(전문)

　부정이 무뚝뚝하게 열매를 맺고 있는 시편 중 하나다. 시인의 아버지는 오롯한 시인에 대한 애정이 일방적 이기심을 드러내는 모습이다. 형상이 있는 것과 형상이 없는 것은

경험에 의한 계도와 한량없는 인생의 유전적 형질에 놀란 시적 화자는 결혼을 억압에 대한 회피를 위해 본능적으로 피하고자 선택한 것인지도 모른다는 생각이 들었다. 지금도 우리 사회에 만연한 남성 중심의 세계관에 대한 관습적인 행태에 대한 깨인 의식의 발로이지 않았나 싶다.

송자야 된장찌개 좀 끓이도 잔뜩 취한 아버지의 목소리가 도둑처럼 숨어들지 못하고 당신이 만든 대문을 발로 열었다 막된장으로 끓인 찌개와 젓갈에 고봉밥 한 그릇 비우는 참에 잠이든 아버지는 할머니가 그리웠다는 것을 지금에야 알았다

—아버지의 술버릇(전문)

아버지의 약속은 단단한 희망이었습니다 앵두나무도 그랬고, 모과나무와 대문 담벼락 아래 심었던 감나무도 그러했습니다 그로부터 돼지고물상 집 마당에 공명하는 것들은 다 철마다 아버지의 음성이 되었습니다

—아버지의 약속(전문)

아버지에 대한 사랑은 어머니의 음식솜씨였고 그 음식솜씨는 곧 친할머니에 대한 아버지의 그리움이라는 것을 세

월이 훌쩍 지나 아버지의 나이에 이르러서야 알게 되었다.
이는 '된장찌개'를 통해 엄마의 삶과 시적 화자인 자신의 삶
을 병치시키며 남성 중심의 사회를 유전적 카테고리를 통
해 모성에 대한 집착과 가부장적 사회의 시대적 부조리의
조우 등과 시각차를 극명하게 드러내는 작품을 완성도 있
게 그려내었다.

　　　홍명상가 인근 포장마차를 지나치다 보면 웃음이 돋는다
　　　카바이드 불빛처럼 가물거리는 기억을 퍼즐 맞추듯이 맞추
　　　며 복장 유물을 더듬듯이 그려지는 천변 가로수 그늘에 숨
　　　어 살던 이모네집 포장마차 떡볶이와 잔술 한잔을 위해 일
　　　주일을 코가 앵두처럼 빨개지도록 걸었던 노곤함이 점멸등
　　　처럼 깜빡거린다

　　　　　　　　　　　　　　　　　　　－목척교 소묘

　사회적 운동성에 대한 질문과 대답의 주제는 당시의 정
치, 경제, 군사, 문화 등 사회의 다양한 방면의 모든 것을 설
명하는 것이다. 어쩌면 그런 점이 박지영 시인의 이번 시집
에서 천착하는 작업이 시사하는 바가 크다. 인생은 그물망
과도 같다. 현실을 직시하고 그 시대에 가장 중요한 일인 시
무를 제시하는 면에서 박지영 시인의 시 작업은 흔한 여류

시인들의 감성적 풍하고는 궤적을 달리하고 있다.

신안동 집 뒷방은 도바리들이 숨어들던 도래지였다 담을 넘던 발자국마다 후두둑 떨어지던 감꽃 지는 소리 묻어 있었고 그러는 날이면 어김없이 비가 내렸다 허기를 메우는 밥상을 받고서 이른 새벽을 따라 길을 나서더니 이제는 돌아와 비영리 민간단체를 운영하는 나를 위해 기부금을 내어놓고 있다

– 택찬이가 도와준 기부금(전문)

그 당시 군부가 지배하던 시절의 삼엄함은 코에 걸면 코걸이 귀에 걸면 귀걸이가 법이었다. 아버지가 받아준 것이 넝마주이라면 신안동 친정집 뒤 곁에 있는 시인의 방은 이따금 경찰에 쫓기는 운동권 선후배들이 드나들곤 하는 조차장으로 표현되었다. 그뿐이 아니다 담을 넘어 들어온 쫓기는 선후배의 잠자리를 내어 준 시인의 대범함이 남다르게 느껴지는 것도 사실이다.

그러한 시인의 모습에 부모님은 아침이면 말없이 깨워 밥을 먹여 보내주는 것이 아무렇지도 않은 일상처럼 담담하던 시절이 있었다. 이러한 시대에 대해 옳고 그름이 분명한 유전적 성향이 시인의 혈관 속에 흘렀고, 장애인 딸과의

약속인 '장애인 문화 운동'을 하는 시인의 주변에 많은 사람
이 호응해 후원을 자처하는 것도 그러한 연유가 있었던 것
이라는 사실을 확인할 수 있었다.

　　장대에 앉은 잠자리가 다른 잠자리를 피해 옮기는 것처
럼 다른 이들은 그를 전과자라며 슬며시 피했다 그런 넝마
주이 K 씨도 아버지의 눈을 피하더니 어느 날 포구에 매인
배가 스스로 닻을 없고 떠나듯 마루 위에 새 크레파스와 스
케치북 위에 내 이름을 적고 떠났다 아무도 그의 행방을 묻
지 않았다 애기똥풀 앞에 쭈그리고 앉아 있던 내가 돌아설
때면 물끄러미 간격을 유지한 눈길을 주던 넝마주이 K 씨,
돼지고물상 마당에 노을이 마지막 불길로 타오를 무렵 떠
나고 없었다

　　－장물 때문에 떠난 넝마주이 K 씨는 전과자였다(전문)

　　노동에 지친 아버지가 가족들 앞에서 목젖이 벌게지도
록 울며 일하기 싫다고 선언했다 그 후로 외손자의 병정이
되기로 했나보다 그 좋아하던 이웃들의 대소사도 내려놓
고 아장거리는 외손주 뒤를 요구르트병을 들고 따라가는
데 마지막 노을이 붉게 타오르고 있었다

-슬픈 하루(전문)

그런데도 박지영 시인은 세상에 버려진 사람들의 눈은 다르다고 인정하고 세상을 향한 생각이 있는 삶을 이끌어 나간다. 넝마주이 K 씨의 눈도 그렇고 사업에 실패한 아버지의 목울대가 벌게지도록 우는 소리도 그렇고 그러한 아버지가 근력을 잃은 채 모든 것을 내려놓고 대전역 동광장에서 외손주를 보며 웃음을 찾기까지 시간이 많이 필요했던 시간을 담담하게 묘사하고 있다. 시인의 아버지가 이해되지 않았던 것도 사실이었다. 하지만 시인의 사업실패와 스스로 가정이 깨지고 나서야 자신의 느낌이 '낯섦'이었다는 것을 알게 되었다.

서리 맞은 감을 좋아하던 엄마처럼 물끄러미 바라보는 달무리 선몽처럼 꿈길에서 만나지는 너는 따듯했다 낡은 대문을 들어서면 감꽃 지는 소리처럼 초콜릿에 선명하게 반응했던 아림아 어수선한 꿈길에 풍장 치른 기억으로 수런거릴 때마다 엄마는 연수목延壽木이 되어 길을 나선다

-감나무 (전문)

지척에 둔 시인의 '친정에 가고 싶은 날이 있다'라는 소리, '뭉개진 하루 치의 노동이 죽고 싶어 견디며 사는 사람이 있다'라는 것을 알게 되었다는 고백, 이웃집 아저씨가 아버지가 심은 감나무를 이웃집 아저씨 집으로 옮겨 심겨져 있는 것에 분노보다 되려 안심이 되는 이유를 잘 몰랐다는 시인의 고백이 처처에 부모에 대한 마음에서 토해진 송(頌)이 아니고 무엇이겠는가.

딸아, 엄마가 보듬고 산 25년의 결혼 생활은 벼락 맞은 감태나무 같았다

초로의 노인만 보면 무심하게 타고 내리는 버스에서도 가던 노선을 잃고 따라내려 쿵쿵거리며 마냥 눈물이 났단다 외할아버지 외할머니 아림이가 어느덧 밑동이 되어 울고 있었다

하루 치의 노동이 새벽에 이르러 멈출 때, 근근이 이어지는 속울음이 어깨 깃을 흔들고 떠나간 사람이 살아남은 사람의 행간을 더듬을 때 날짐승처럼 껙껙거리며 출렁이는 어둠에 몸을 숨기고 싶었다

아들아, 꿈처럼 산 오늘이 너희가 밑동이 될 것이니 살아 있는 동안 남은 너희들이 살아갈 날에 지팡이가 될 것이니

남은 노동은 얼마나 지난한 것이냐

하루 치의 노동에 한 스푼의 감사함으로 구멍 난 오늘을 꿰매며 살아라 인생이 벼락처럼 때리더라도 연수목이 되어라

-편지(전문)

시인은 비로소 역사속의 폭력성과 장애인 가족과 관련한 야만을 되돌아보며 살아온 삶과 살아갈 삶을 토로하며 편지를 쓴다. 자신이 반추하는 기억 속에서 연수목으로 살고 있으니 그분들의 삶과 이분 되지 않는 것과 같은 이치라고 설명하고 있다.

별생각 없이 들른 돼지국밥 집에서 국밥 한 그릇과 오소리감투 한 접시에 소주 한 병이면 별생각 없이 믿음이 간다 혼자서 유독 즐겼던 소주 한 병, 반쯤 저문 달에 토끼 그림자처럼 삶의 귀퉁에 남은 얼룩진 자국의 외로움 같은 것이었다 사랑이 메마른 자리에 시가 돋아나는 이 황당한 하루의 위안, 밖에는 들이붓는 비가 오고 있었다

-돼지국밥 한 그릇과 오소리감투 한 접시
그리고 소주 한 병과 시(전문)

시집『돼지고물상 집 큰딸』은 경험에서 빚어진 통점 같은 것이 있다. 문명 세계를 존중하고 폭력과 야만에 대한 항거의 의미 '그것'이다. 인간의 존엄 혹은 장애인에 대한 권익의 존중은 춘추대의와도 맞물린다. '춘추'와 '좌씨전'에서 말하는 문명적이고 도덕적인 역사관을 바탕으로 '현실정치'를 점검하고 평가해 새로운 방향성을 열어 후손을 위한 거울이 되자는 얘기와 일맥상통한다.

> 아미타불에 돌아가 의지할 것을 말하지는 않겠습니다 세상의 소리를 들을 수 있고 교화를 돕는 보살로 살지 않겠습니다 고통 받는 중생이 나무아미타불 관세음보살을 외면 도움을 받는다고 하는데 하지 않겠습니다 소천한 자식을 가슴에 묻고 얻은 극락은 통점을 잃은 것과 같습니다 부모를 보내는 마음과 자식을 가슴에 묻은 마음이 산 자와 죽은 자의 꿈이 무너진 곳에 있는데 하루 지극하게 웃고 말겠습니다

> –오늘(전문)

시인은『돼지고물상 집 큰딸』을 쓰는 내내 악몽에 시달렸다고 토로하였다. 개인적 통점과 사회적 통점이 유무 의식을 점령하고 박지영 시인의 시집『돼지고물상 집 큰딸』

은 경험에서 빚어진 통점 같은 것이었다. 시적 화자가 미사여구를 쓸 수 없는 가장 큰 이유일 것이다. 그래서 더욱 시인이 겸허히 받아들이는 '이치는 마음에 있으나 세상 끝에서 작가가 구하니 뜻은 지척에 있는데 생각은 산하를 건너는 것 같다'라는 말과도 통하고 고통스러운 생각으로 병이 들 정도였다는 말도 맞고 생각이 많아 기를 소진하였다는 것이 사실일 것이다. 이는 그만큼 젊고 건강한 영혼을 가진 시대정신을 가진 부조리에 대한 항거요 투영된 의식을 바탕으로 한 장애인 문화 운동의 신념일 수도 있을 것이다.

이른 새벽에 비 수국처럼 넝마들이 돼지고물상 펜스 밑을 지나쳐 스멀스멀 반군처럼 삼삼오오 모여든다 넓지 않은 야적장 근처에 태산처럼 쌓인 고철 더미는 월말이면 간조를 요구하고 있었다

주인은 장물이 두렵고 넝마는 셈이 흐린 것이 불안하고 모두들 저울 눈금을 가늠하며 촉이 서 있다 결산에 임하는 중에 긴장을 했는지 넝마주이 집게들이 엿가위처럼 리듬을 타는 것이 보였다

　　　－가치 교환의 불확실성이 선율을 만들었다(전문)

중환자실에 누워있는 어머니의 병원과 딸이 입원한 병원을 번갈아 가며 간호를 하는 시인은 낡은 수레처럼 운신하며 잠을 이룰 수 없어 새벽 내내 빵을 구웠다. 그러면서 적은 것이 중증환자인 딸의 병상일지다. 이 시집의 또 다른 가치는 장애인들은 장애가 각각이 다르고 징후나 병세가 각각인 만큼 기록은 매우 중요하다는 점이다.

또 이 기록에서 발원하여 문학적 표현을 빌려 세상에 알려진다면 이는 사회구성원들이 모르는 장애에 대한 이해와 장애인을 가족으로 사는 이들에게는 작은 희망의 풀씨가 될 수도 있을 것이다. 그러기에 박지영 시집에 만나는 간절함은 무엇으로도 비견할 수 없을 것이다. 그 간절함은 장애인문화 운동으로의 귀의함을 뜻한다. 박지영 시인은 우리에게 자신의 억장 무너지는 얘기들에 대한 인생의 신산(辛酸)을 들려주는 것이 아니라 우리 주변의 이야기 즉 낮은 곳에서 소소하게 유유상종하며 사는 노동자들, 시장상인들, 노점상들과 넝마주이 등 허기진 자들을 향한 시선을 놓치지 않았다는데 시의 기능 중 하나인 대의적 측면을 살펴볼 수 있었다. 가족사의 애환 그리고 이미 떠나간 자와 남은 자들을 위한 위로는 말할 것도 없었다.

일종의 시경(詩經)에서 말하는 송(頌)에서 풍(風)으로 잇

닿는 느낌이다. 결국, 인연에 업장을 위로하는 박지영 시집 『돼지고물상 집 큰딸』이 개인적 슬픔에 한발 더 나아가 사회적 대의를 향한 의미를 부여하고 민중들이 일종의 흥(興)을 이루는 때(時)를 기억해 내어놓은 것이다.

　박지영 시집 『돼지고물상 집 큰딸』을 통하여 한 사람의 건강한 시인이 가족사를 극복하고 그로 인한 사회적 대의를 향한 장애인 문화 운동과 현실적 고민이 시대 의식으로 투영된 작품 활동과 간절함의 실천적 행위로 이어지기를 기대해 본다. 그것은 독자들에게 있어서도 좋은 시인을 만나 세상을 향한 따뜻한 시선과 마음의 첫발을 내어 딛는 순간이 되기 때문이다. 그런 점에서 박지영 시인은 자신을 섬으로 삼아 자신에게 의지하여 실천적 섬으로 자등명(自燈明) 법등명(法燈明)하여 독자들의 발길이 계속 이어지고 오래 머물길 바란다.

시인의 말

　때(時)에 이르러 시(詩)는 대상에 대한 집착을 내려놓고 그대로 보이는 빈 마음에 투영된 사물에 잇닿은 마음이었다. 이러한 마음은 장자의 '구름을 타고 해와 달을 부린다'라는 말과도 상통할 수 있겠다. 부모님과 큰딸의 소천으로 삶에 구속되지 않음을 배웠으니 흐르는 물에 떠 있으면서도 젖지 않는 달처럼 빛을 옮기는 허공에 매임 없는 자유로움을 얻은 묵은 업장과도 상응한다.

　시집 『돼지고물상 집 큰딸』은 내 삶의 언어적 가치, 이념과 판단, 재물과 명예, 심지어 살고 죽음에 있어 얽매이지 않는 채 존재의 실상에 대한 자각에 이르는 연속성을 얻은 회복된 마음과도 같다.

　떠난 부모님과 큰딸 그리고 남은 남매와 이웃들을 위한 세상을 향해 열려있는 한 권 분량의 울혈을 토했으니 어찌 이로움과 해로움의 꼬투리를 따질 수 있겠는가? 내게 있어 시는 아직 실상을 단순하게 앎과 모름으로 구분할 수도 없는 것이며 보편적 진리도 없는 이유이기도 하다.

2021.12. 박지영 拜